KB112542

그런 시절

그런 시절

발행일	2017년 5월 26일		
지은이	김 홍 균		
펴낸이	손 형 국		
펴낸곳	(주)북랩		
편집인	선일영	편집	이종무, 권혁신, 송재병, 최예은
디자인	이현수, 이정아, 김민하, 한수희	제작	박기성, 황동현, 구성우
마케팅	김회란, 박진관		
출판등록	2004. 12. 1(제2012-000051호)		
주소	서울시 금천구 가산디지털 1로 168, 우림라이온스밸리 B동 B113, 114호		
홈페이지	www.book.co.kr		
전화번호	(02)2026-5777	팩스	(02)2026-5747

ISBN   979-11-5987-581-6 03810 (종이책)   9/9-11-5987 582-3 05810 (전자책)

이 도서의 국립중앙도서관 출판예정도서목록(CIP)은 서지정보유통지원시스템 홈페이지(http://seoji.
nl.go.kr)와 국가자료공동목록시스템(http://www.nl.go.kr/kolisnet)에서 이용하실 수 있습니다.
(CIP제어번호: CIP2017011875)

(주)북랩 성공출판의 파트너

북랩 홈페이지와 패밀리 사이트에서 다양한 출판 솔루션을 만나 보세요!

홈페이지 book.co.kr	자가출판 플랫폼 해피소드 happisode.com
블로그 blog.naver.com/essaybook	원고모집 book@book.co.kr

김홍균 시집

그런 시절

북랩 book Lab

시를 쓰면서

그런 시절이 있었다.
가난했지만 행복했던,
사람 냄새 물씬했던…

컴퓨터가 사람과 바둑도 두는 세상이 되었다. 바야흐
로 인공지능의 시대가 본격적으로 열리고 있는 것이다.

기계는 분명히 사람을 도와주기 위해 탄생되었을 것이
다. 그러던 기계가 점점 발전하면서 사람들의 일자리를
조금씩 빼앗아가더니 이제는 생각까지도 대신하겠단다.
그렇다면 앞으로 사람이 할 수 있는 일은 무엇이 남게 되
는가?

미개한 나는 이런 발전이 싫다.
옛날이 그리워진다.
가난했지만 사람 냄새 나던 그 시절을 스케치해 남겨
놓고 싶어졌다.

2017년 5월
김홍균

차례

2부 한낮

3부 귀가

4부 골목에서

5부 보름달

6부 손수레

1부

뼈다

기저귀

딸내미가
손주의 기저귀를 갈아주고 있다

- 어. 착하지. 우리 아기
아내가 딸아이에게 그랬던 것처럼

내 기저귀를 갈아주며
어머니께서도 행복해하셨겠지

연자방아 언덕

물 오른 소나무 가지 껍질 살살 벗겨내면
하얗게 드러나는 속살
남현이가 건네준 송기는 달짝지근 맛있었다

새환이는 낫질을 참 잘했다
쓱싹쓱싹 꼴을 베어 망태 가득 채울 때까지
몸이 약한 나는 늘 구경만 했었다

연자방아 받침돌에 걸터앉아서
오돌토돌 바닥에 박혀있는 낟알을 파먹던
영현이는 정말로 배가 고파 보였었는데

삐비

방죽 둑에
삐비풀 돋았다

삐비꽃 피기 전에
통통한 풀 골라 뽑아
껍질 가만 까보면
하얀 속살
달콤하고 쫀득한 하얀 속살

배고프냐? 내 새끼
짠한 얼굴로
할머니 야윈 손 봄나물 캘 때

오래오래 씹으면 껌이 된다며
방죽 둑에 드러누워 두 눈을 감고
잘근잘근 씹어 본
하얀 삐비

찔레

가시에 찔릴라
조심조심 꺾어서
찔레나무 여린 순
껍질 벗겨 먹으면

긴긴 보릿고개

허기진 배 달래보는
아삭아삭 찔레순

바람 불어, 포근한
봄바람 불어
머지않아
찔레꽃 하얗게 피면

종다리 노래하는 하늘 밑
누렇게 여물어갈 보리밭

메뚜기

메뚜기 뛴다
후두두!

재빨리 낚아챈다
덥석!

벼 줄기에 꿰어
집으로 가져와

간식으로 볶는다
톡, 톡!

풍뎅이

다리마디 분지르고
모가지를 홱 비틀어
마룻바닥에 놓아두면

날개를 떨며 뱅뱅 돈다
저 풍뎅이

깔깔 웃다가 재미가 없어지면
밟아 죽인다
저 풍뎅이

아무 생각도 없이
함부로 다루어버린
한 생명

어릴 적 그 일들이 뉘우쳐진다
이 늙은 나이에

참새잡이

긴 줄 묶은 막대기로
삼태기 한쪽 받쳐놓고

나락 몇 알 뿌려놓고
방안에서 망을 본다

고요한 마당

삼태기 그늘 아래로
참새 내려앉으면 재빨리
줄을 당겨야 하는데

갑자기
오지도 않은 참새가
참 불쌍해졌다

반딧불이

반딧불이 잡아서
호박꽃에 넣으면

환해지는 호박꽃
환해지는 마음

여름밤
맑은 별 하나

호박꽃에 반짝
마음속에 반짝

콩

비 오는 날엔 콩을 볶아먹는다고
큰어머니께서 볶아주신
콩

밖에는
보슬비 보슬보슬

아랫목 아늑한 이불 속에서
오드득 오드득

비 오는 날에는 왜 콩을 볶아먹는지
예순이 지난 지금도 그 이유를 모르지만

아직도 가슴 속에 가득한
큰어머니
고소한 냄새

모깃불

평상 위에 밥상
둘러앉은 온 식구

보리밥 된장국
매콤한 풋고추

쑥대며 고춧대며 검불까지 한데 모아
마당 한쪽에 피워놓은 모깃불
탁, 탁! 소리 내며 솟아나는 연기
살랑 바람에 매운 냄새
모기 물렀거라!

저녁 밥상머리에
피어나는 이야기꽃

하늘 위에 하나 둘
피어나는 초롱별꽃

서리 내린 아침

간밤에
서리가
조용히 담장을 넘어왔다

뜨락에 내려서면
하얀 입김
맑은 공기 속으로 번지어 스며들고

파란 하늘 밑
한껏 팔을 뻗은 감나무 위에
한 점
까치밥 빨갛다

참
대청마루 항아리 속
대봉감도
홍시가 다 되었겠다

개구리

조그만 개구리는 안 돼
독 있는 개구리는 더더욱 안 돼

참개구리
토실한 뒷다리
껍질 벗겨 말린다
빨랫줄에 걸어놓고

가난한 누구는 배고플 때 먹고
몸이 약한 나는 보양식으로 먹고

동네 아이들
동전 한 닢 얻으려
참개구리 잡아
엄마한테 가져오면

키

하늬바람 불 때면 키질하시는 큰어머니

키 가운데 쌀을 놓고 살살 까불면
껍질은 바람에 날려가고
알맹이는 키 안에 남고

참 재주 좋은 우리 큰어머니

큰 키 둘러쓰고 소금 얻으러 온 아이에게
자기 전에 오줌 누라고
웃으며 타이르시는

참 인자하신 우리 큰어머니

화로

화로 속
숯덩이
벌겋게 이글거리면

어머니
인두 꺼내
옷깃 주름 곱게 펴시고

화로 속
숯덩이
하얗게 재가 되면

어머니
고구마 꺼내
껍질 벗겨 내게 주시고

혼자 노는 날

시끄럽던 또래들은
어디들 숨어 있나?

방아깨비 잡아서
뒷다리를 붙들고
콩콩
방아 찧고 놀다가

외갓집 간 엄마는
언제 오시나?

강아지풀 뽑아서
손바닥에 올려놓고
- 요요요요!
간질이며 놀다가

어디만큼 왔냐?

- 어디만큼 왔냐?
- 당당 멀었다

이웃 동네 마을갔다
돌아오는 길

할머니 허리 잡고
두 눈을 감고

- 어디만큼 왔냐?
- 개울까지 왔다

그리운 그 시절
어디만큼 갔냐?

2부

한낮

고무신

엄마가 사 오신
새 고무신

누가 가져갈까
머리맡에 놓고 잤다

혹시나 닳을까
양 손에 들고 다녔다

마침내 신을 신고
외출할 때면

땅바닥에 긁힐까
엉금엉금 걸었다

수제비

설설 끓는 물 속에
멸치 몇 마리 띄우고
애호박 숭숭 썰어 넣고
밀가루 반죽 뜯어 넣으면

모락모락 김이 나는 수제비

하얀 사기 사발에
숟가락 넣고 휘휘 저어
건더기 몇 개 건져 먹고
멀건 국물로 배를 채우는데

언제나 시장이 반찬이어서
허겁지겁 한 그릇 싹싹 비우고
친구들 찾아 놀러 나가는 등 뒤로
할머니 당부 말씀

- 배 꺼질라, 뛰지 마라!

학교 가는 길

책 보자기 펼쳐서
공책 위에 책 놓고
책 위에 도시락 놓고
그 위에 필통 놓고
곱게 접어 묶었다

씩씩한 남학생
어깨에 메고
얌전한 여학생
한 손에 들고

십리 길 걸어서
학교 가는 길

새소리 재잘재잘
따라오는 숲 사이길
걷다가 뛰다가
다람쥐도 쫓다가

팔짝!
징검다리 건너다
미끈!
벗겨지는 고무신

산 넘어 시내 건너
학교 가는 길

낮잠

화들짝 눈을 떴다
아무도 없다

아차!
지각이구나

황급히 책 보자기 찾아들고
사립문 나서는데
서쪽 하늘에 해가 기운다

깜박 잠이 든
일요일 오후

지우개

고무 지우개는 너무 딱딱해
잘못 문지르다
애꿎은 공책만 찢어질라

검지 끝에 침을 묻혀
조심조심
틀린 글씨 지운다

침 묻은 글씨는 희미하게 번져
손가락도 거뭇해지고
공책 바탕도 거뭇해지고

거뭇해진 바탕에 새로 쓴 글씨가
그래도 읽을 만해
딱딱한 지우개보다 낫다

우윳가루

우윳가루 배급을 받아 보셨나요?

우리나라가 아주 많이 가난했던 시절
미국에서 원조해 준 옥수수빵
그보다 앞서서 옥수수죽
또 그보다 앞서서
우윳가루 배급을 받았습니다

집에서 풀 붙여 만든
누런 봉투에다
선생님께서 담아주시는
하얀 우윳가루는
참말로
달콤하고 맛있었습니다

집에 가져온 우윳가루는
온 식구가
물에 타서 마시기도 하고

쪄먹기도 했습니다

한 번은 논두렁길 걸어오다가
친구가 장난으로 밀치는 바람에
그 아까운 우윳가루를 그만
논물에 빠뜨리고 말았습니다

나는 울었습니다
우윳가루가 아까워 울었습니다
엄마 얼굴 생각하며 울었습니다
집에 올 때까지 울었습니다

제기풀

파릇한 풀밭에서
동네 아이들
제기풀로 제기 엮어 제기 차고 논다

토끼 먹이로 제기풀 뜯던
하영이도
하던 일 잊고 어울려 논다

한 발로 차고
양발로 차고
발 들고 차고
땀까지 흘려가며 신나게 차는데

언제 오셨을까?
등 뒤에서
아버지 화난 목소리
- 하영아! 토끼는 공기 먹고 산다냐?

고무줄놀이

팔짝팔짝
가녀린 다리
노랫소리 맞추어 뛰고 돌면

팔랑팔랑 단발머리
펄럭펄럭 치맛자락

예쁜 발목에
감기고 풀리는 고무줄. 순간

그래
빠질 수 없지

휙 하니 달려와 고무줄 끊어놓고
잽싸게 도망가는
저, 저! 개구쟁이

기차놀이

기차소리
칙칙폭폭

새끼줄
기차놀이

기차소리
빠아앙

놀이동산
청룡열차

장날

동네 앞길 지나서
실개울 건너서
팽나무 언덕 넘어서
밭 사이길 걸어서

저만치
넓은 길
신작로가 보인다

멀리
길 끝머리
흙먼지 피어오르면

읍내 가는 버스 놓칠라
잰걸음
더 바빠진다

우물

하늘이
파랗게 녹아있는 우물 속

첨벙!
두레박 던지면
깨어져 흩어드는 하늘

줄을 당겨
두레박 들어 올리면
뚝뚝 떨어지는 하늘 방울

목말라, 목이 말라
하늘을 마시면
몸도 마음도 어느덧 하늘

맑고 시원한
하늘

우물 속

다시 들여다보면

금방 아물어버린 파란 하늘에

흰 구름 두어 송이

바람 따라 흐르고

한낮

누렁개
마루 밑에 잠들고

소리개
하늘 높이 떴다

호롱불

깊어가는
겨울밤

사랑방
호롱불

도란도란
이야기

하얀 눈
내리는 밤

겨울 아침

몇 날을 두고 내린 눈에
천지는 하얗고

새소리마저 끊겨
사방은 고요하다

몸속을 파고드는 이른 마당 차가운 한기
눈을 쓸던 싸리비 사립 옆에 세워놓고
종종걸음으로 마루에 올라

방문을 여는데

문고리에
쩍!
달라붙는 손

바늘귀

할머니 바느질할 적에
꿰어주던 바늘귀

이젠 늙어서
꿰지 못하는 바늘귀

천국을 바늘귀에 비유했던가?
어린아이 마음이 천국이라 했던가?

어릴 적 그 마음
때 묻고 묻어
이제는 돌아갈 수 없는

아
그 시절!

탱자나무 울타리

무슨 일을 하고 있는지
성근 탱자나무 울타리 틈새로
언뜻언뜻 보이는 안마당에서
까르르, 순이 웃음소리
공연히 서성대던 그 집 앞길

뜨거운 햇살 머금은 샛노란 열매
바람에 실려 오는 농익은 향기
옷깃 스칠 때면 아찔한 살 내음
무심한 듯 순이 얼굴

촘촘한 가시 사이 재잘재잘
참새 소리 부산한데
말없이 흐르는 시간 속에서
봄이 또 오면
윤기 반질한 탱자나무 울타리에
아쉬움 짙게 묻은
하얀 꽃 피어

이사 가던 날

온 마을 사람들
동구 밖까지 따라와
손 흔들며
울고
또 울었다

트럭 한 짐
살림살이 싣고
고향 마을
뜨던 날

3부

귀가

몽당연필

몽당연필
뒷부분을 칼로 살짝 도려내어
볼펜 빈 자루에 쏙 집어넣으면

몽당연필
새 연필만큼 길어졌다

원고지를 꺼내놓고
길어진 연필로
글짓기 숙제를 한다

제목
몽당연필

오후반

정오를 알리는 사이렌 소리

허겁지겁 점심 먹고, 가방 챙겨
학교 가는 월요일

이번 주는 오후반이 맞나?
어쩐지 조금은 불안해지는데

한낮
따가운 햇살

이마에
송글
맺히는 땀

소풍 전날 밤

목적지는 언제나 다리 아플 만큼 멀어
어른들은 원족(遠足) 간다고 했겠지
반나절 넘도록 재잘거리며 걷는 친구들
한 번도 찾지 못한 보물찾기
수줍어 나서지 못하는 장기자랑
먼 길 따라와 용돈을 유혹하는 장사꾼들
어찌 보면 해마다 그날이 그날일진대
소풍이란 말만으로 설레는 마음

일기예보 들을 라디오도 없어
비가 오면 어쩌나?
소풍날 비가 오는 것은
옛날에 소사 아저씨가 공사를 하다가
그 학교를 지키는 뱀을 죽였기 때문이라는데
우리 학교를 지키던 뱀도
어느 소사 아저씨가 죽이지는 않았을까?
마음 한구석 불안하기도 하지만

소풍 가방 속

삶은 달걀과 사이다 한 병

내일 먹을 수 있기를

간절한 마음 안고 잠자리에 드는 밤

점심시간

나도 한 술
너도 한 술

도시락 뚜껑들에 십시일반 정이 쌓이고
수북이 쌓인 정이
도시락 안에 든 밥보다 많아
도시락 없는 친구들 한 끼가 넉넉하다

선생님 얼굴에도 흐뭇한 미소

아이스께끼

- 아~이스께~끼!

따가운 햇살 아래
특유의 억양이 울려 퍼진다

어깨에 둘러멘 네모난 통이
버거워 보인다

뚜껑을 열고 꺼내주는
하얀 아이스께끼는
아주 달고 시원한데

학교는 다니고 있을까?
땀으로 범벅이 된
내 또래
까까머리 소년은

구충제

내가 살기 위해서 너는 죽어야만 한다

학교에서 변검사를 했는데
기생충이 있다 해서 점심을 굶고
산토닌 두 알 받아먹었다

눈앞이 어질어질. 속은 메스껍고 오줌은 노랗다

사람이 이렇듯 시달리는데
몸속의 기생충들이야 오죽할까?
남의 몸에 빌붙어 영양분 훔쳐 먹은 죄로
지금쯤 생사의 기로에 섰을 것이다

오늘 밤 아니면 내일 아침
변속에 묻힌 너희의 주검을 확인하여
선생님께 보고할 것이다

감꽃

올해도
감나무 아래
감꽃은 별처럼 떨어지는데

기다랗게 실에 꿰어 목걸이 만들던
어린 날 우리들은 천사였었지
별 목걸이 목에 걸고 꿈속을 날아다니는
티 없던 그 마음 반짝이는 별빛처럼

이젠 감꽃 목걸이 따위는 만들지 않아
언젠가 잃어버린 천사의 날개
더 이상 하늘을 나는 꿈을 꾸지 못하는
주름진 이 마음 빛바랜 감꽃처럼

해마다
감나무 아래
별처럼 감꽃은 떨어지는데

참꽃

언제
두견새 울고 간 산자락에
참꽃 피어
그리움 붉게 피어

꽃잎 하나 입에 물면
가신 임
또 한 잎 따먹으면
기약 없는 임

꽃잎에 어려 있는 추억만
안타까이 씹는데

먹어도
배고픈 꽃
마음만 허전한 꽃

오디

어렸을 적엔
임도 보고 뽕도 딴다는 속담이
무슨 뜻인지 몰랐다네

뽕잎 따는 큰애기들이야
동네 총각들하고 놀든 말든
나는 그저
뽕나무에 열린 오디를
입술이 까매지도록 따 먹었었지

달콤한 오디 맛은
혀끝에 아련한데

아직도
임도 보고 뽕도 딴다는 속담의 의미를
잘은 모르겠네

토끼풀꽃

그냥
아무 말 없이

토끼풀 하얀 꽃 서로 엮어서
손가락에 묶으면 하얀 꽃반지
손목에 두르면 하얀 꽃팔찌

반지 끼고 팔찌 두르면
갑자기 어른이 되고, 부자가 되고

꽃반지 꽃팔찌 마주 앉아서
수줍은 그 미소 설레던 가슴

토끼풀 부드러운
그 날
그 언덕

새참

논가 풀밭에 자리를 펼쳤다
고봉밥 나물들 한껏 푸짐하고
막걸리 주전자 입맛을 당긴다

모내기 흙 묻은 손 씻는 둥 마는 둥
하얀 사기 사발에 술부터 따르는데
두어 순배 돌다 보니 어쩌나
남은 술은 딱 한 사발

- 이 술 드실랑가?
권하는 듯 재빨리 잔을 거두며
- 아무도 안 먹으니 나나 마실란다
빤히 보이는 속 그나마 미안한지
- 아이고, 술맛도 참 없다

다듬이질

땅 땅 땅 땅
따당 따당 따당 따당

옷감 주름을 편다
마음 주름을 편다
혼자라도 좋다
마주 앉으면 더욱 좋다
세상사 힘들어
인간사 고달파
풀 먹여 두드리면
윤기 나는 옷감처럼
다듬이질 골백번에
인생살이 풀릴거나

따당 따당 따당 따당
땅 땅 땅 땅

요강

마당 저쪽 캄캄한 뒷간
생각만 해도 오싹한
한밤중
간단히 근심을 풀어주는
온 가족의 야간 해우소

비바람 눈보라 사나운 밤이면
더욱 고맙지 아니한가?

뱃속 가득한 오물
말없이 받아내는
그리하여 청결한 우리

당연히
안방 윗목에 자리 잡을 만하지 않은가?

금줄

오매. 드디어 새댁이 아이를 낳았구먼

어쩐디야. 금줄에 숯만 있고 고추가 없어

아따. 첫딸은 살림 밑천이라네

그려. 또 낳으면 되제

옳거니. 원래 손이 많은 집안이거든

맞어. 형제간이 열두 남매여

그러게. 가난한 집구석에 자식 복만 많아가지고

어허. 지 먹을 복은 지가 갖고 태어나는 법일세

음. 미역 줄기라도 갖다 주고 싶은디

아서. 세이레가 지나면 들어가야제

하하. 마누라가 엊그제 갖다 주었다네

오오. 그것 참 잘했네

자. 얼른 일하러들 가세

울역

일당을 주는 것도 아닌데 농한기라 해서 노는 것
도 아닌데 집집마다 한 사람씩 나와야 한다기에 남
자는 삽을 들고 여자는 삼태기 들고 반 몫을 쳐준
다는 아이 데리고 나왔다

내 집 일도 아닌데 우리 동네 일도 아닌데 왜 우
리가 하느냐고 따지지도 못하고 남자는 큰 돌 나르
고 여자는 자갈돌 나르고 아이는 잔심부름하며 허
물어진 냇가 둑을 쌓는다

높은 분 말씀이라면 습관처럼 굽실대며 그저 시키
는 대로 해야만 하는 무지렁이 민초들은 기껏해야 게
으름으로 꾀를 피우며 그렇게 기우는 해만 기다린다

이

뿔뿔뿔뿔, 잘도 기어간다

엄지손톱으로 꼭 눌러 터트린다

삼십 촉 백열등 아래 웃통 벗고 내의 뒤집어 도망
가는 이를 잡는다. 아까운 내 피 빨아먹는 저 이. 할
머니는 내의를 양손에 들고 앞니로 이음새를 따라
꼭꼭 물어간다. 또독, 똑! 성충인지 알인지 터지는
소리. 얼굴 찡그리는 나를 보고 웃으시며 방바닥에
기어가는 이까지 손으로 집어 입에 넣으시는 할머니
  - 사람 피만 먹고 살아 깨끗하단다

들어보니 맞는 말이긴 한데
그래도 우리 할머니
으으, 징그러!

귀가

봄갈이 쟁기질
긴 밭이랑
땀 젖은 베적삼에
흙먼지 얼룩질 때
뻐꾸기 먼 울음
날이 저물어

지는 해 뒤로 하고
부사리* 앞세우면
농기구 한 짐 지게 너머
하루를 사르며 타는 노을
들길 따라 딸랑딸랑
함께 걷는 워낭소리

저기
온 식구 기다리는
저녁 연기 오르는 초가집

시나브로

어둠 속에 잠겨 드는 노을빛

* 부사리 - 머리로 잘 들이받는 버릇이 있는 황소

4부

골목에서

양말

뒤집어진 양말목으로
필라멘트 떨어진 전구를 살살 밀어 넣으면
뒤꿈치 터진 자리가 동그란 원이 된다

구멍보다 조금 더 크게 헝겊을 대고
겨울밤
전등불 아래서
어머니는 한 땀 한 땀 시러움을 막아간다

파란 양말 한 짝은 빨간 뒤꿈치
또 다른 한 짝은 노란 뒤꿈치
강렬한 회화적 구성을 남들이야 웃든 말든
새 양말 사준다는 설날까지 끄떡없이 신겠다

비닐우산

비닐우산 펼쳤다
비 오는 날

찢어지면 어쩌나?
조심조심 걷는데

휘익!
바람 불어
펄럭!
뒤집어진 비닐우산

온몸이 금방 쫄딱 젖고

저기
비닐포대 뒤집어쓰고 걷는 아저씨가
오히려 부러운

소독차

윙윙 소리 내며 골목을 누비는
소독차 따라 신나게 달렸었지
소독약 통 관을 통해 뿜어져 나오는
하얀 연기 속에서 춤추듯 뛰었었지

한 50년쯤 지난 후
그 연기가 몸에 해롭다는 뉴스를 들었을 때

그깟 거
씩 웃고 말았지

이를 잡는다고
DDT 그 독한 살충제를
온몸에 뿌려댔던 우리가 아니던가?

그러고도 아무 일 없었다는 듯
여태껏 살아온 우리가 아니던가!

엿장수

짤강짤강
엿장수 가위질 소리
온 동네 소란하다

어른들도 아이들도 모여드는데
못쓰게 된 고물 들고 엿 바꾸는 사람보다
할 일 없어 심심한 구경꾼이 더 많아

그래도 저 엿장수
혼자서 흥에 겨워
신나게 짤강대는 엿가락 장단에 맞추어
읊어대는 사설이 구수하다

빈 병이나 닳아진 고무신
찌그러진 냄비까지는 좋았다
- 헌 마누라도 엿하고 바꿔줍니다
예끼 순!
웃자는 소리려니

여름밤

닭장 속에선 닭이 잠을 자고
토끼장 속에선 토끼가 잠을 자는데
모기장 속에선
사람이 잠을 잔다

한낮 내내 태양이 달궈놓은
슬레이트 지붕을
서늘한 달빛이
밤을 새워 식혀가고
빼꼼히 열린 문틈 사이로
실바람
가만히 스며들 때

온 식구 엉켜 자는
단칸방
길게 늘어 처진
모기장
하루의 피곤이 묻어나오는

코 고는 소리

밤새 왱왱거리며
자기 집 주위를 뱅뱅 돌던 모기는
잠결에 뒤척이다 밖으로 나온 발등에
재빨리
복수의 침을 꽂는다

수판

짜라락

중지로 수판알 고르고

엄지와 검지로

따닥따닥

일 더하기 이 더하기 삼은?

공부를 잘 못한 내 친구 상명이는

수판을 잘 놓아 은행에 취직까지 했었는데

이젠 수판 놓는 방법은 몰라도 돼

생각할 필요도 없이 그냥 숫자만 누르면

알아서 척척 계산해주는 전자계산기

그렇게 최신 기계에 밀려 멸종되어버린

원시적인 연장, 수판

적자생존

그 냉혹한 기계들의 세상

교복

학교 갈 때는 교복
집에 오면 평상복
외출할 땐 외출복
언제 어디서나 학생임을 알 수 있는 옷

하복 한 벌로 여름을 나고
동복 한 벌로 겨울을 나는데
그래도
교표와 배지가 은근히 자랑스럽던 옷

그 한 벌 교복도 입지 못해
일터로 내몰린 아이들은
배움에 대한 갈망이
가슴 속에 한으로 새겨진 옷

어쩐지 어려 보이는 까까머리
폼 나는 머리 기르고 싶어
얼른 어른 되어 벗어버리고 싶었던 옷

모든 어른들이
위험으로부터 먼저 보호해주며
따뜻한 눈길로 격려를 보내주던 옷

무엇보다도
같은 또래끼리 같은 옷을 입어
브랜드니 뭐니 하는 차별이 없던 옷

후라이 거리

그래. 순전히 네 잘못이야

쉬는 시간이면 화장실이나 얼른 다녀와서 다음 수
업 준비나 할 일이지 운동장까지 나가서 공을 차고
들어오다니

고등학생, 이팔청춘 팔팔한 이 나이에 1교시만 끝
나도 뱃속이 쪼로록 거리는데 네 도시락 속에 든 계
란 후라이를 그냥 둘 성 싶었더냐?

도시락 몰래 꺼내 후라이만 먹어 치우는데 10초
도 안 걸린다

누가 그랬냐고?
그걸 왜 말하니?
친구끼린데

도둑이 아니냐고?

야, 야!

수박 서리, 참외 서리, 닭 서리도 하는데 그깟 후
라이 하나 가지고 뭘 그러니?

담부턴 자기 도시락이나 잘 지켜. 점심시간까지

연말 무렵

일 년 내내 미루어왔던 아쉬움들이
한꺼번에 몰려 서성대고 있는 12월
떠밀리듯 달려온 세월일지라도
이제 또 한 매듭 정성스레 지을 때

거리에 나서면
종소리처럼 쏟아지던 성탄 노래
교회에 다니든 말든 무슨 상관이랴
경건하게 두 손을 모으거나
다정하게 손을 잡고 걷거나
구세군 자선냄비에 사랑을 담아주던
평화로운 모습들
더하여 하얀 눈이
축복처럼 온 세상을 덮어주기라도 한다면

생각 속에 늘 머물고 있는 사람들
그 인연의 끈을 이어가고 싶어
나름대로 예쁜 디자인을 고르거나

서툰 솜씨로 직접 만든 연하장에
새해의 소망과 기원을 담아
주소와 이름을 적고 우표를 붙여
마음과 함께 우체통에 넣는 순간
그렇게 행복했었는데

음원 저작권 때문인지
눈꽃처럼 반짝이던 성탄 노래들은
모두 이어폰 안으로 숨어들어
언제부터인지
참 조용해진 거리
어쩐지 한가해진 것만 같은 연말에

쉼 없이 울리는
핸드폰 카톡 소리, 문자 메시지 오는 소리
정말
재미없는
편리한 세상

전화

우리 집 옆집에 전화를 걸었다
우리 집에 있는 사람 좀 바꾸어 달라고 했다
공중전화여서 5분 후에 다시 건다고 했다
5분을 기다려 다시 전화를 걸었다
옆집 아주머니가 다시 받았다
우리 집에 아무도 없으니 용건을 알려달라고 했다
용건을 말하니 꼭 전해주겠다고 했다
감사하다는 말씀을 드리고 전화를 끊었다

공중전화

갑자기 소나기라도 내릴 때 운 좋게도 빈 공중전화 부스를 발견하면 참 반가웠다

10원짜리 동전 두어 개를 넣고 다이얼을 돌리면 그래도 필요한 말을 전할 수는 있었다

다이얼 대신 번호를 누르는 전화기로 바뀌었을 때 한층 더 편리하게 사용했었다

정다운 사람에게 전화를 걸 때는 미리 동전을 여러 개 준비하고 통화했었다

한참 수다를 떨다가 '삐삐삐삐' 소리가 울리면 황급히 전화를 끊기도 했었다

수화기를 놓는데 어쩌다가 동전이 도로 밖으로 나오면 그야말로 횡재한 기분이었다

100원짜리 동전으로 통화하고 잔액이 남으면 뒷사람을 위해 수화기를 통 위에 올려놓았다

어쩔 때는 나도 남이 남겨놓은 잔액으로 고맙게도 공짜 통화를 하기도 했었다

뒤에서 기다리는 사람이 있어도 쓸데없는 말로 길게 통화하는 생각 없는 사람도 있었다

대부분의 사람들은 용건만 간단히 이야기하는 높은 시민의식을 가지고 있었다

집에 전화가 없는 많은 사람들에게 때로는 절실하게 필요했던 고마운 존재였다

덩치가 훨씬 큰 공중전화가 손바닥만 한 핸드폰에 밀려 멸종 위기에 처해 버렸다

미래에는 공중전화를 박물관에서나 볼 것 같다
옛날이야기로나 들을 것 같다

간판장이

극장 간판에 그려진 배우들의 모습은 정말로 멋있어. 그 표정 하며 닮은 모습이 삐뚤빼뚤한 피카소 그림보다 훨씬 보기 좋아. 그래, 난 무식해서 예술이 뭔지 몰라. 그래도 내가 좋아하는 그림이 뭔지는 알아. 그런데 그렇게 그림을 잘 그리는 사람을 왜 화가라고 부르지 않고 간판장이라고 부르는 거야?

뿜뿌

마중물 한 바가지 붓자마자
철컹철컹
재빨리 손잡이를 움직여
지하수 쭈욱 끌어 올린다

자, 이제
웃통 벗고
엉덩이 올리고
두 팔을 구부려
낮게 엎드리거라

뿜뿌질 한 번에
등줄기로 쏟아지는
시원한 물
- 으추추추!
한 여름 더위쯤이야

식모

내 소원은
하루 세 끼 밥 먹는 것

밥 짓고, 빨래하고, 청소하고
설거지하는 일 쯤이야
밭이랑 땡볕 아래
호미질하던 친구들은
도시로 떠나는 나를
얼마나 부러워했었는데

나이도 어린 주인집 딸년이
괜한 성깔 부려본들
속없는 듯 웃어넘기면 그만이지
잔소리 지겨운 주인아줌마는
나중에 시집까지 보내준다며
다독여 주기도 하지 않는가?

그래도 꿈이넌

아아, 어머니 얼굴

손바닥만 한 땅뙈기 일구어

오래비 동생들 거두어야 하는

아버지 퀭한 얼굴

그 눈물 닦아드리고 싶어

나는 그렇게

먹을 입 하나 줄여주는

효녀인 것을

톰과 제리

고양이 톰은 또
생쥐 제리에게 골탕을 먹는다
개구쟁이 제리의 장난은 끝이 없다

마루 밑 곳곳에 쥐구멍이 있던 시절, 마루 위 곳
곳에 쥐똥이 굴러다니던 시절, 쥐들이 천장 위에서
달리기를 하던 시절, 천장 한쪽이 쥐 오줌으로 얼룩
져있던 시절에는 사람들이 먹을 식량도 가뜩이나
부족한 판에 그놈들이 먹어치우는 곡식이 아깝고
도 아까워 전국적으로 쥐 잡는 날을 정해놓고 나라
에서 집집마다 쥐약을 나누어주어 정해진 시각에
쥐약을 놓도록 해서 온 국민이 한꺼번에 쥐를 잡았
다가 죽은 쥐의 꼬리를 잘라 학교에 가져가면 연필
한 자루와 바꾸어 주었는데

옛날의 그 쥐 잡는 날은 없어지고
생쥐는 TV에서 주인공이 되어 설친다
하기는 미키 마우스도 생쥐가 아니던가?

이젠 먹고 살 만해졌는지

그들의 재롱에 깔깔대고 웃으며

온 국민이 나서서 함께 쥐를 잡아야 했던

배고팠던 그 시절이

이렇게 잊혀져가고 있나 보다

골목에서

딱지치기, 구슬치기, 자치기도 하던 곳
책가방 내던지고 말뚝박기도 하던 곳
웃음소리, 싸움소리 가득하던 곳

그 넓던
이 좁은
골목에

요즘 아이들은 뭘 하고 있을까?

바람 한 줄기
휴짓조각 흔들며
혼자 놀고 있다

찹쌀떡 메밀묵

추운 겨울 오밤중에
- 찹쌀~떡
- 메밀~묵

긴긴 밤 그 누가 못다한 이야기
찹쌀떡 메밀묵으로 채워 가는지

눈 쌓인 겨울밤 늦도록
- 찹싸알떡
- 메미일묵

하얗게 쏟아지는 달빛 받으며
새도록 외치면 얼마나 팔릴까

시장하도록 맑은 소리
- 찹쌀떡 사려
- 메밀묵 사려

5부

보름달

테레비

저녁 시간
이장님 댁 마당에 모여드는 동네 사람들
윗동네 할머니는 언제나 맨 먼저 와서
마당에 깔린 멍석 앞자리를 차지하고
맘씨 좋은 이장님이 마루 앞쪽에 내놓은
커다란 19인치 흑백 테레비
온 동네 통틀어 두 대밖에 없는 테레비

지금은 연속극 〈여로〉가 방영되는 시간
온종일 농사일에 지친 사람들
시어머니 구박받는 분이 따라 우는데
색시 찾아 우는 영구 따라 우는데
울다 보니 그냥 제 설움에 겨워 우는데
저녁은 먹었냐고?
날마다 먹는 저녁 언제 먹으면 어때서

전보

서울 사는 누나가 왔다
어쩐 일이냐 물었더니
'금일모친사경'이라는
전보 받고 왔단다

아니,
전보는
'금일모친상경'이라고 보냈는데
누가 받침 하나 빼먹었을까?

그나저나
큰일 났다
서울 가신
울 엄니!

만원 버스

버스 문 발판에 발만 걸쳐놓은 승객까지
어린 버스 안내양은 온 힘을 다해 밀어 넣는다

- 오라이!
안내양의 명령에 따라 시내버스는 출발하고
요령 좋은 버스 기사는 가끔씩
브레이크를 밟아 승객들의 밀도를 고른다

창문을 다 열어놓아도
숨이 탁탁 막히는 몸 냄새, 땀 냄새
버스의 흔들림 따라
이리저리 부딪치는 몸뚱이들

내려야 하는데 비집을 틈도 없어
- 안 내리요?
안내양의 독촉에 마음만 바쁘고
- 뭣 하요?
목소리 거칠게 높아지다가

- 애기 낳아요?

마침내 짜증이 폭발하는데

- 데끼!

어느 어르신의 야단도

승객들의 폭소에 묻혀버린다

14번째

머리가 길다는 죄로 길을 가다가 경찰한테 잡혀
서 파출소로 끌려갔다

먼저 잡혀 와 있던 한 청년이 파출소 전화로 친구
에게 연락하고 있었다

그러자 그 친구가 부리나케 면회를 왔는데 그 친
구도 장발이라며 같이 잡혀 버렸다

그리고 경찰이 말하기를
- 오늘 목표 15명 달성!

그 뒤로는 머리가 더 긴 사람들이 파출소에 일을
보러 찾아와도 잡지 않았다

그러고 보니
난 열네 번째였었어!

미니스커트

그 시절에는 여자가 짧은 치마를 입으면
미풍양속을 해치는 풍기문란죄에 해당되었다

무릎 위 10cm가 단속 기준이라는데
어째서
9cm는 미풍양속이며 10cm는 풍기문란일까?

나는 한 번도
자를 들고 다니는 경찰들을 본 적이 없는데
그들은
치마 아래 무릎길이가
10cm인지 9cm인지 어떻게 알 수 있나?

하기야
그런 것 따져서 뭐하겠어
아무리 단속해봤자
아가씨들 치마 길이는 점점 짧아지기만 하던데

금지곡

야, 이 노래 금지시켜!

아, 예. 그런데 이유가 뭡니까?

그냥 부르지 못하게 하라고

그래도 무슨 이유를 붙여야 할 텐데요

이유? 아무거나 갖다 붙여

예를 들자면…

왜색, 퇴폐, 저속, 허무… 더 불러줘?

아, 아니요

모르겠으면 그냥 이유 없다고 해

저, 그런데요

뭐야? 또

금지곡은 참 좋은 노래지요?

그게 무슨 소리야?

왜 있잖아요?

있긴 뭐가 있어?

일제강점기 땐 〈아리랑〉이 금지곡이었거든요

그, 그랬었나?

그럼요!

포장마차

갑자기
소주 한 잔 생각나는 퇴근길
함께여도 좋지만, 혼자여도 상관없어

앞서
누군가도 한두 잔 마시고 갔겠지
조그만 소주잔이 넘칠 듯
반쯤 남은 소주병을 기울여주며
맘씨 좋은 주인은
국물 한 국자도 안주로 내놓는데

앉을 필요도 없이 단숨에 잔 들이키면
목구멍을 스쳐 텅 빈 상을 적시는
알코올 30도의 짜릿함
- 캬아!
힘든 하루도 함께 씻겨 내리고

한 잔만 더?

마음 속 유혹을 뿌리치며
호주머니 속에서 짤랑거리는
동전 한 닢 빈 술잔 옆에 내려놓으면

안녕히 가시라는 주인의 인사말이
등 뒤에서 정겨운

월급날

노란 봉투에 순서대로 적혀있는 본봉과 수당들이
맞는지 천 원권 지폐부터 일 원짜리 동전까지 꼼꼼
하게 확인한다

가수 최희준이 부른 유행가 가사처럼 큰소리치며
외상술 마신 일도 없지만, 이 얇은 봉투를 아내에게
내밀 일이 언제나 미안하다

그래도 용하게 가난한 살림살이를 잘도 꾸려나가
는 아내는 쥐꼬리 봉급을 삼십 분의 일로 쪼갠 하
루 일당으로 오늘 저녁 밥상에 고기반찬을 올려놓
을 것이다

바가지

홍부네 박처럼 금은보화는 없어도
하얀 박나물 맛있게 무쳐먹고

잘 말린 껍질은
물 뜨는 바가지

혹시나 쪼개지면
꿰매 쓰던 바가지

요즘엔 잘 안 깨지는
플라스틱 바가지

절대로 안 깨지는
마누라 바가지

잘못 쓰면 큰일 나는
장사꾼 바가지

장롱

붙박이장이 있는 집으로 이사를 가면서
쓰고 있던 자개농을 버렸다

그래
참
잘살게 되었구나

비키니 옷장의 한스러움
자개농을 바라보며 지웠었는데

단추며 실타래를 담아두던
와이셔츠 빈 상자도
긴요한 가구였었는데

흠집 몇 군데에 버려지는 자개농
버려지는
가난했던 시절의
그 마음들

서울 구경

낙월도 섬에서 살 때 서울 구경을 갔다

낙월도에서 연락선 타고
향하도 포구까지
향하도에서 완행버스 타고
영광 읍내까지
영광에서 직행버스 타고
광주 시내까지
광주에서 고속버스 타고
서울까지 가서
서울 구경 잘하고

다시
고속버스 타고
직행버스 타고
완행버스 타고
연락선 타고
섬으로 돌아왔다

서울로 간 아이들

아이들은 서울로 갔다
가난이 싫어 시골을 떠났다

공장일 고달파도 밭일보다 더할까
어머니는 울면서 딸아이를 보냈다
기름 냄새 고약해도 두엄보다 더할까
아버지는 말없이 아들들을 보냈다

갈수록
아이들 웃음소리 사라지는 마을

뙤약볕은 뜨겁고
매미 소리만 시끄럽다

보름달

세월 따라 늙어버렸나?

어릴 적
고향 마을
초가지붕 위로
두둥실
떠오르던
크고
환한
보름달

육중한 고층 빌딩 위에 힘겹게 매달려
창백한 얼굴로 헐떡이고 있다

젓가락 장단

그럼
막걸리엔 유행가가 제격이지

모처럼 만들어진 술자리
주거니 받거니 얼큰해진 친구들
돌아가며 한가락씩 뽑는데

또드락 딱, 또드락 딱!

누군가 두드리는 젓가락 장단에
노래는 어느덧 제창이 되고

자고로
일 고수 이 명창이라

서글픈 가사도
애절한 가락도
이 자리

젓가락 장단에 마냥 흥겹고

힘든 오늘도
암담한 내일도
이 순간
젓가락 장단에 날려버리고

일주일의 노래

토요일을 반공일이라고 부르던 시절에
봉급쟁이들의
노래 같은 푸념이 있었다

나 죽겠다 월요일
아득하다 화요일
한숨 쉬고 수요일
어서 가자 목요일
낼모레다 금요일
엄벙덤벙 토요일
허망하다 일요일

이런 나날이 쌓이고 쌓인 것을
인생이라고 하던가?

아침 바람 찬바람

아침 바람 찬바람에 울고 가는 저 기러기
어릴 적에 불렀던 〈쎄쎄쎄〉가 일본노래란다
여러 친구 함께 모여 불렀던
〈여우야 여우야〉도 마찬가지란다

우리의 것인 줄만 알았는데…

노래야 무슨 죄가 있겠는가?
서양 노래도 부르는데
일본 노래라고 왜 못 부르겠는가만
애초에 알고 불렀다면 이러겠는가?
우리의 전통으로 둔갑한 노래들
이 또한 일제의 잔재이려니
몰랐던 세월만큼 이렇게 아프다

어쩐지 휑해지는 가슴
아침 바람 찬바람에 울고 가는 저 기러기
그 기러기처럼 울고 싶은 마음

절구통

어느 집 정원에
듬직하게 자리 잡은 절구통
가득 찬 물 위에
수련 한 송이 청초하다

옛날
한 마음씨 착한 석공이
땀 흘려 파놓은 홈 속에

곡식 방아 찧고 떡방아도 찧어
풍요로움 함께 나누었던 넉넉한 마음들

세월이 흘러
이제는 아름다움 함께 나누는
듬직하고 넉넉한
저 모습

6부

손수레

옛날 옛적 어느 나라에

옛날 옛적
어느 나라에서는
학부형이 선생님께 아이를 부탁할 때
이렇게 말했답니다
- 선생님, 우리 아이 많이 때려주세요
그러면 선생님은
아이들을 마구마구 때리기도 했는데
아이가 매를 맞고 집에 오면
어머니는 또
이렇게 말했답니다
- 선생님이 너 사람 되라고 때리셨단다

용이 나는 개천

용이 되려면 명문 중학교에 들어가야 한다고
어른들이 닦달을 해서만은 아니다

중학교에 입학하려면
시험을 보는 것이 당연한 세상이어서
옛날 개천의 미꾸라지들은
시험, 시험, 시험
그렇게 입시 지옥에서 꼬물거렸다

그래서 언젠가 그 중학 입시를 없애버려
이제는 미꾸라지들이 천국에서 살 줄 알았는데

부모의 계획대로
치밀하게 짜여진 시간표 따라
요즈음 개천의 미꾸라지들은
학원, 학원, 학원
그렇게 과외 지옥에서 꼬물거리고 있다

물

목이 마르면
두 손으로 떠 마시던
그 맑은 시냇물은
지금은 어디쯤에 흐르고 있을까?

사람들이
물건을 만들며 쏟아내는 폐수와
농작물을 가꾸며 뿌려대는 농약과
먹고 쓰고 버린 오수와 쓰레기에
물방개도 소금쟁이도 떠나버린 시냇물
물고기가 죽어 떠오르는 강물

나라에서 만드는 수돗물도 믿지 못해
플라스틱병에 들어있는 생수라는 물을
돈 내고 사 먹는 오늘

생각해 보면
봉이 김선날은 신각자였다

또 언제쯤일까?

그렇게도 자랑스러운

사람들의 문명이 만들어낸

황사보다 더 작은 미세 먼지

그보다 더 작은 초미세 먼지로

하늘이 온통 희뿌연데

병 속에 든

맑은 공기를 사 마실 날은

혼·분식

그땐 그랬었다

얼마나 나라가 궁핍했으면
쌀밥은 몸에 해롭다고
혼·분식이 건강에 좋다고
노래까지 만들어 선전하면서
아이들 도시락 검사를 다 했을까?

오죽이나 쌀이 부족했으면
일 년 내내
쌀밥이야 명절 때나 구경할지 말지
그런 산골까지, 섬마을까지
쌀밥 먹지 말라는 공문을 다 보냈을까?

그땐 그랬었는데

온갖 먹을거리가 넘쳐나고
비만이 사회적 문제가 되는 지금

쌀이 남아돌아
쌀국수며 쌀막걸리를 만들고
너도나도 건강식을 찾는 지금

생각해 보니
쌀밥은 몸에 해롭고
혼·분식이 건강에 좋다는
정부의 그 선전이
틀린 말은 아니었던 것 같아

통행금지

예비 사이렌이 울리네. 벌써 11시 30분이야. 이제 그만 집에 가지. 아니, 자네는 5분이면 갈 수 있잖아? 딱 한 잔씩만 더 하고 가세. 난 자네가 걱정되어 하는 말이야. 걱정 마. 우리 집 가는 길에는 파출소가 없어. 그래도 방범대원한테 걸릴 수도 있잖아? 아따, 별걱정을 다 하네. 잡히면 파출소에서 하룻밤 자고 가면 되지. 집에서 걱정할 텐데. 뭐, 어디서 자고 오나 보다 하겠지. 아예 여기서 통금이 해제될 때까지 마셔 버릴까? 예끼, 이 사람. 주인아줌마도 잠을 자야지. 호호, 저야 좋지요. 네 시간만 있으면 되잖아요? 자자, 일어서자고. 이제 곧 자정 사이렌이 울리겠네.

우렁각시

우렁각시 봤니?

착하고 예쁜 우렁각시

가난한 농사꾼에게 시집와서 온갖 정성으로 남편
을 받들어 모시는 그런 여자가 세상에 어디 있겠는
가마는 논에서 우렁이가 살던 시절에는 이야기로나
마 우렁각시를 만날 수 있었을 텐데 남자는 무능해
서 장가를 못 가고 여자는 유능해서 시집을 안 가
는 요즈음 농약 때문에 우렁이는 사라져 버리고 수
입산 골뱅이가 술안주로 등장하는 것을 보면 또 외
국 여자 데려와서 장가가는 총각들도 많아지는 것
을 보면 골뱅이 각시 이야기를 새로 만들어야 하지
않겠는가?

반상회

이번 달에는 누구네 집이야?
호기심 반 의무감 반으로
반상회 열리는 집에 모여서

정부 홍보는 귓전으로 흘리고
이 집의 살아가는 모양새를
내놓는 찻잔으로 가늠해보며

건의사항이야 있든지 말든지
자식 자랑에 시어머니 흉은
마르지 않는 대화의 소재

때로는 깔깔대고 웃기도 하고
어쩌다 얼굴 붉혀 다툴 수도 있지만
이웃이란 원래 그러할진대

정권의 홍보 수단일 수도 있고
사생활 침해도 맞는 말이고

반드시 모여야 할 이유도 없어

그렇게 반상회는 사라져 가고
갈수록 바빠지는 일상 속에서
아파트 문들은 더욱더 굳게 닫혀

"정다운 이웃들이 모두 모여서
웃음을 꽃피우는 우리 반상회"
그 노랫말이 그리워지는 지금

가족계획

우린 정말로 착한 백성이야

어디
예비군 훈련 하루 빼 준다고 낳고 싶은 자식을 포
기하는 정관 시술을 했겠는가?
잘 키운 딸 하나 열 아들 안 부럽다는 정부의 선
전을 믿어서였겠는가?

하나씩만 낳아도 삼천리는 초만원이라고 해서
온 국민이 합심하여 출산율을 낮추어 놓았더니

이젠
머지않아 늙은이들만 득실거리는 나라가 될 거라
고 죽는 소리를 하고 있지 않은가?

그러게
불과 20년 앞을 내다보지 못하는 답답한 정부를
탓해 무엇 하리

인구가 곧 국력이요, 자원이라면

지금이라도

자식 많이 낳을 수 있는 가족계획을 만들고 실천

해야 하지 않겠는가?

국경일

태극기 다셨나요?
오늘 불러야 할 노래는 아시나요?

옛날에 학교에서 다들 배웠을 텐데
국경일엔 등교하여 기념식을 했었는데

아파트 베란다에서 바라다보면
태극기 두어 군데 펄럭거리고

TV 뉴스에선 어김없이
나들이 차량 정체 소식

혹시
오늘이 무슨 기념일인 줄은 아시나요?

외우셨나요?

외우셨나요?
"우리는 민족중흥의 역사적 사명을 띠고 이 땅에
태어났다"는
〈국민교육헌장〉을

그 이전에
또 외우셨나요?
"반공을 국시의 제1의로" 삼던
〈혁명공약〉을

6.25 직후엔
"우리는 대한민국의 아들, 딸. 죽음으로써 나라를
지키자"는
〈우리의 맹세〉도 있었답니다

"우리는 피 끓는 학생이다. 오직 바른길만이 우리
의 생명이다"고 외쳤던
광주학생운동의 구호는

지금은 교과서에서 사라졌지만

"오등은 자에 아 조선의 독립국임과 조선인의 자
주민임을 선언"한
〈독립선언문〉의 숭고한 정신은
영원히 잊지 말아야겠지요

손수레

꿈이 무엇이었던가?

비척, 비척
늙은이 따라 비탈길 오르는
낡은 손수레

최첨단 자동차가 날아가듯 내달리는
도시 속에서
힘에 부쳐 기어가는 저 원시적인 생명체

버려진 폐지로 주린 배를 채우고
닳아빠진 두 바퀴 삐걱거리며
골골대는 늙은이의 손에 이끌려

비틀거리는 하루
또
하루

다방

'카페'라는 곳은 어쩐지 거북스러워
나 같은 구닥다리에겐 어울리는 곳이 아녀
젊은 애들 바글거려 선뜻 들어서기도 멋쩍은데
무슨 놈의 커피는 한 잔에 수천 원씩이나 하냐?

궂은 비는 내리지 않더라도
최백호의 노래 같은
한적한 분위기가 오히려 익숙했던
옛날식 다방은

짙은 색소폰 소리는 들리지 않더라도
오고 가는 가벼운 이야기와
허름한 의자가 오히려 편안했던
그야말로 옛날식 다방은

그냥 추억 속에만 있어
차라리
자판기 커피 뽑아들고 길가 벤치로 가자

노래

가난을 벗어나려면 일을 해야 한다고
그렇게도 가난했던 시절에

우리는
"올해는 일하는 해. 모두 나서자"고
노래를 불렀었지요

"새벽종이 울렸네"와
"잘 살아보세"는
또 얼마나 많이 부르고 들었었나요?

그래서
"원하는 것은 무엇이든 얻을 수" 있는
그런 나라가 된 줄 알았는데

아무리 일해도
가난의 굴레를 벗을 수 없다는
'흙수저'들이 넘쳐나는 지금

이 경제적 양극화를 극복할

노래 한 곡

만들어야 하지 않겠습니까?

구두닦이

〈슈샤인 보이〉라는 노래가 있었지
가사도 가락도 밝고 명랑한 노래였어

그래
그렇게 춥던 날 옷깃 여민 사람들
걸음 바쁜 길 어느 모퉁이에서
어깨에 멘 구두통이 땅에 끌릴 듯하던
그 아이는
몸 움츠리고 발 동동거리며
빨갛게 언 손을 호호 불고 있었는데
- 구두 닦쇼!
떨리는 목소리로 외치는
구두약 까맣게 묻은 얼굴이
그렇게 슬퍼 보이지는 않았었어
아니, 어쩌면
한 켤레의 구두라도 더 닦으려고
손님을 끌기 위해 애써
웃는 얼굴을 하고 있었는지도 몰라

부모가 있는지 혹은 없는지
스스로의 생계뿐일까 어쩌면
온 식구를 먹여 살리기 위해
책가방 대신 구두통을 멘 것은 아닐지
발가락 시리도록 추운 길거리에서
웃는 얼굴로 저렇게, 저 어린 나이에

많은 사람들이 끼니를 걱정하던 그 시절
어린 나이에도 돈을 벌 수 있다면
오히려 다행이었을까?
그래서 그 노래도 그렇게 밝고 명랑했을까?

슈샤인 보이
그 밝고 명랑한 노래
구두닦이 소년
그 춥던 겨울날의 기억

연탄

지금도 분명히 있을 것

추운 날
연탄 한 장 혹은 두 장 새끼줄에 끼워 들고
좁은 골목길 한참을 걸어
가파른 비탈길 또 한참을 올라
판잣집
어두운 부엌 아궁이에 가난한 불 지피는 사람들

연탄불에
밤도 구워 먹고 오징어도 구워 먹고
석쇠에 고기 얹어 굽던 따뜻한 추억
눈 쌓인 미끄러운 길 힘들게 움직이는
연탄 수레 밀어주던 흐뭇한 기억
다소의 차이는 있어도
집집마다 연탄을 쌓아놓고 겨울을 나던
옛날 그 시절은 아주 가버린 듯한데
그런데 문득

난방이 너무 잘 되어

한겨울에도 내복 없이 사는 지금도

수도꼭지 틀기만 하면

뜨거운 물이 콸콸 쏟아지는 지금도

이 겨울

얼어붙은 비탈길에 연탄재 뿌려놓고

엉거주춤 걷는 사람들이

소리도 없는 연탄가스가 무서워

방문 빼긋 열어놓고 자야 하는 사람들이

아직도 분명히 있을 것이라는

향수

그 산 그 개울이 보고 싶은 건
경치가 아름다워서가 아니다

흙먼지 뿌옇게 이는 황톳길
파릇한 보리밭이 어딘들 없었겠는가?

검게 탄 주름진 얼굴
내놓을 것 하나 없이 가난했던
지금은 기억 속에만 그러나
그 모습 그대로 항상 있는 사람들

어느 숲에선들 새소리 들리지 않으랴만
어릴 적 뒷산 꿩 울음
이렇게
시린 가슴 속에 배어있는데